吸血鬼ブランドはお好き?

赤川次郎

集英社文庫

イラストレーション／ホラグチカヨ
目次デザイン／川谷デザイン

吸血鬼ブランドはお好き？

CONTENTS

吸血鬼ブランドはお好き?

吸血鬼ブランドはお好き？

光射す

そのため息は、深くて暗かった。

あんまり「明るいため息」というのは存在しないだろうが、しかしその女のため息は特に長くて深かったのである。

それに同情したのかどうか、公園をフラついていた野良猫が彼女の足下へ来て足を止めて顔を上げた。

それに気づいて、

「あら、心配してくれた？　ありがとう」

と、小林麻乃（こばやしまの）は口もとに寂しい微笑を浮かべた。

「お腹でも空いてるの？　でも、私、何も食べる物、持ってないのよね」

その黒猫は、街灯の明かりのせいか、奇妙に緑色に光る眼を持っていた。

「私って、才能ないみたいなの」

と、小林麻乃はその黒猫へ話しかけた。

「今度のショーに向けて、四十も五十もデザイン考えて先生に見ていただいたけど……。どれもだめ。先生、チラッと見ただけで床へ投げ捨てたわ……」

何か言ってくれたなら……。せめて。

「ここがだめ」

とか――。

でも、仕方ない。来月のショーに向けて、先生――草間紫音（くさましおん）は忙しい。弟子の作品をいちいち見て指導している暇はないのだ。

麻乃としては、二、三点は自信があった。でも、一つも残らず、床へ散ったのである。

ショックを受けて、麻乃はオフィスを出てきた。

夜中である。行く所もなくて、オフィスの入ったビルの裏手にある小さな公園に来て、ベンチに座っていた……。

小林麻乃は今二十七歳。洋裁の専門学校を出て、草間紫音が経営するブランド〈バイオレット〉のデザイン室に入社する。

草間紫音のデザインは大好きだったので、大いに張り切って働いた。ショーの手伝いや細々した雑用を何年かさせられた後、やっとデザインをさせてもらえるようになった。

しかし……。一向に採用してもらえないのだ。

恒例のファッションショーはもう近い。

どの同僚も必死でデザインに打ち込んでいた……。

「こんなところを先生に見られたら、また叱られちゃうわね。『ボーッとしてるヒマはないのよ！　さっさと新しいデザインを考えなさい！』って」

と、その黒猫に話しかけて、麻乃は立ち上がると、思いっ切り伸びをした。

すると——何やら楽しそうな笑い声が聞こえてきたのである。

「社長さん、カッコイイ！」

と、女の子が手を打つ。

「マントを売り出すメーカーがあったら、絶対に社長さんがモデルになれるね」

「ね、もう一度やって！　パーッとマントを広げるの！」

麻乃は木かげから顔を出して覗いてみた。

どうやら、近くの店で飲んだ帰りか、「社長さん」が若い女子社員を四人連れて歩いている。

しかし――麻乃はついふき出しそうになってしまった。「社長さん」はどうやら外国人。

そして、映画に出てくる吸血鬼そのものの格好をしているのだ。

しかし、こちらは至っておとなしそうで、一緒に歩いている女の子たちを襲う気配は全然なく、

「頼まれたら、このクロロック、いやとは言えんな」

と言いつつ、パッとマントを翻し、真紅の裏地を街灯の明かりに光らせて、

「このドラキュラの毒牙にかかるのだ！」

と、芝居がかって見得を切った。

女の子たちは大喜びで一斉に拍手をすると、酔ってもいるのだろう、

「クロ屋！」

なんて掛け声をかけている。

「何だか犬の〈クロ〉を呼んでるみたい」

と、他の子が言って笑った。

――あんなやさしい「社長さん」がいるんだ、と麻乃は思った。

「世の中、色々ね……」

と、麻乃は呟（つぶや）いた。

しかし、あの黒いマントがパッと広がって、真紅の裏地が見えたとき、麻乃はハッとした。あれは吸血鬼の「血の色」だろうか。

麻乃の頭にひらめくものがあった。

――吸血鬼。

グロテスクな印象もあるが、一方ではヨーロッパのロマンの香りもある。

吸血鬼をモチーフに、何かデザインできないかしら？

麻乃の脳裏に、コウモリのマークや狼のイメージが浮かんだ。そして、あのマントの「黒と真紅」の取り合わせ……。

「そうだわ！」

次々に浮かぶイメージを描かなくては！

麻乃はほとんど駆けるようにオフィスへと戻っていった。

黒猫が呆れたように、その後ろ姿を見送っていた……。


気がつくと、もう外は明るくなっている。

「まだ残ってたの？」

と、デザインルームへ、草間紫音が入ってきた。

「あ、先生。おはようございます」

「張り切るのはいいけど、倒れないでね」

「大丈夫です」

周りを見回して、

「誰もいないんですね」

「もう六時よ。いい加減帰って寝なさい」

「はい……」

そう言われると、急に欠伸(あくび)が出てくる。

「——これ、今描いたの？」

と、草間紫音は覗き込んで言った。

「はい！　吸血鬼のイメージなんですけど」

「吸血鬼？」

と、紫音が目を丸くしている。

麻乃が公園で見かけた外国人のことを話して、

「そのときにフッと思いついたんです。ヨーロッパの古城とか、月光を浴びた吸血鬼の姿とか……。それをイメージして、重苦しくないようにと思って」

麻乃の顔に不安げな表情が浮かんで、

「だめ――でしょうか？」

紫音はしばらく麻乃の描いたスケッチを何枚か手に取って見ていたが、

「悪くないわよ」

と言った。

麻乃の顔がパッと明るくなる。

「本当ですか！」

「このまま描いてごらんなさい。面白いものになるかもしれないわ」

「はい！」

「ともかく、今日は片づけて帰りなさい」

「はい。――じゃ、失礼します」

麻乃はすっかり足取りも軽くなって、デザインルームを出ていった。

――紫音は、一人残っていたが……。

「お迎えに来たよ」

と、声がした。

「ご苦労様」

紫音は微笑んで、

「今、麻乃ちゃんに会った？」

「うん、そこですれ違った」

桐生安夫（きりゅうやすお）は、細身の体に黒のスーツを着ていた。紫音の秘書だが、それ以上でもある。

「どうかしたの？」

と、桐生が歩み寄ると、紫音はいきなり桐生に抱きついて、熱いキスをした。

「何かあったね？」

と、桐生は冷静に言った。

「見て、このデザイン」

と、紫音は麻乃の描いたスケッチを取り上げた。

「悪くないね」

「そう。――悪くないわ。それどころか、すばらし過ぎる」

「つまり？」

「才能が溢れるようだってことよ」

「君だって」

「昔はね」

と、紫音は言った。

「若いころは……。私だって負けなかった」

「さあ、もう行こう」

と、桐生が促す。

「ええ」

紫音は桐生の手を取って、

「マンションに寄っていってね」

と言った……。

疑い

「昼食にしては高い」

と、フォン・クロロックは渋い顔をした。

「ケチ言わないで。社長でしょ」

と、娘の神代エリカはアッサリ言って、

「一番高いランチにしよ」

「私も！」

と同意したのは、エリカと同じ大学の親友、大月千代子。

そしてもう一人の友人は――。

「私、一番高いのじゃ申し訳ない」

　と言ったのは橋口（はしぐち）みどり。

「二番目のにして、二人前もらう」

「もっと高いよ」

　——クロロックとてケチではない。

「ま、いいさ。どうせ経費で落とす」

　つい、雇われ社長の本音が出る。

　会社の昼休み、エリカたちに、

「昼食をおごろう」

　と出てきたからには、「高いからやめてくれ」とも言えない。

　洒落たフレンチの店は、ランチを楽しむ奥さんたちで一杯だ。

「——あ、あの人、デザイナーだ」

　と、千代子が言った。

「ああ、草間紫音（くさましおん）だね」

　と、エリカも目をやって肯（うなず）いた。

——フォン・クロロックは正統を継ぐ吸血族の末裔である。

日本へやってきて、日本人の女性との間にエリカが生まれた。その母親は亡くなって、今は再婚した妻涼子（りょうこ）と、息子虎ノ介（とらのすけ）との暮らし。しかし涼子はエリカより一つ年下という若い後妻で、クロロックはすっかり言うなりである。

今、クロロックは〈クロロック商会〉という会社の雇われ社長なのだ。

「——本名かなあ」

と、みどりが言った。

「草間紫音？　ちょっと本名らしくないね。ブランドが〈バイオレット〉だから、それに合わせた芸名かも」

と、千代子が言った。

——草間紫音は、もう五十は過ぎていると言われているが、若く見える。

外国人の取引相手らしい男性と、フランス語でにぎやかにしゃべっている。

「凄いね。フランス語、ペラペラなんだ」

と、千代子が感心する。

「千代子、分かるの？」

「フランス語だってことは分かる」

あまり自慢にならない。

「ふしぎなフランス語だ」

と、クロロックが言ったので、エリカは、

「どうして？」

「時々、ひどく古くさい言い回しをするので、相手のフランス人が、『どこで習った？』と訊いておる」

「へえ……」

ランチを食べ始めたときだった。

「お客様！　お待ち下さい！」

レストランの人間が止めようとするのを押しのけて、若い女が一人、レストランの中を大股に横切っていく。

その女は、草間紫音のテーブルへと真っ直ぐに向かったのだ。

「まあ、あなた……」

と、紫音は顔を上げ、

「こんな所まで何しに来たの？　お客様の迷惑よ」

「先生が会って下さらないからです」

その女性は、かなり思いつめた表情をしていた。

「会ってもどうにもできないわ、私には。だから会わない方がいいのよ」

「でも、それじゃ私が自分の非を認めているようじゃありませんか！」

「だって、それは仕方ないでしょ。あなたのやったことに違いないんだから」

「そんなこと──。先生、本気でおっしゃってるんですか？」

若い女性は目に涙を浮かべている。

「──何とかした方が良さそうだ」

と、クロロックが呟くように言った。

「あのまま行くと、止められなくなる」

「どうするの？」

「この席へ招待する」

「また……」

と、エリカは顔をしかめたが、エリカとてこんなとき黙っていられないタイプ。

「じゃ、私が行ってくる？」

「いや、ここはやはり男の私でないとな」

と、クロロックは立ち上がると、紫音とにらみ合っている女性の方へ歩み寄り、

「お話し中のところ、失礼だが」

と、声をかけた。

「邪魔しないで！」

と、その女性はクロロックの方を振り返ったが、なぜかハッとして、

「あなたは……」

「先日、忘れ物を届けていただいた。ぜひ一度お礼をと思っとったのです。ちょうどいい所でお目にかかれた。ランチをご一緒にいかがですかな？」

クロロックのおっとりとした話し方が、その女性の神経を鎮めたらしい。

「――じゃ、お言葉に甘えて」

と、穏やかに肯く。

クロロックたちのテーブルにつくと、

「小林麻乃と申します」

と言った。

「お気づかい下さって、どうも」

「何か事情がおありのようだ」

と、クロロックは微笑んで、

「ともかく食事を。怒るのは、満腹になってからでも遅くない」

「そうですね」

と、小林麻乃は笑った。

ランチを頼むと、麻乃はクロロックの名刺を受け取り、

「クロロックさん……。私、あなたをお見かけしてます」

「ほう？」

「今の、紫音先生とのトラブルにも係わり合ってるんです」

「私が？」

「はい」

と、麻乃は肯いて、

「夜中の公園でした……」

と言った。

話の続きは食事の後になった。

草間紫音は早々に店を出ていっていた。

「──すると、吸血鬼ファッションを？」

と、クロロックがコーヒーを飲みながら、

「それはすばらしい」

「今お話ししたような事情で、私は〈吸血鬼ブランド〉のデザインを沢山描いて、紫音先生に見てもらいました」

と、麻乃は言った。

「でも、次のショーにはあまりに間がない、ということで、〈吸血鬼ブランド〉については、ショーの後、ゆっくり考えましょう、と言われたんです。ところが——」

麻乃は目を伏せて、

「ショーの前日、私は突然クビを宣告されました。理由は全く分かりません」

「ひどいですね」

と、エリカは言った。

「それで、ショーの当日、私はスタッフの出入り口から中へ入って、こっそりとショーを見ていました。終わった後で先生に会って話したかったんです」

「それで？」

「ところが、ショーが始まると、先生自身が出てきて、『今度、画期的な新しいブランドを立ち上げることにしました』と言ったんです。『その名も〈ビバ！　吸血鬼〉』と——」

「〈ビバ！〉って〈万歳〉ってことね」

と、千代子が言った。

「ショーの中で、次々に私のデザインした服が登場しました。むろん先生が多少手を加えていますが、基本は私のデザインです」

今も腹が立つのだろう、麻乃の頰が赤く染まった。

「それだけじゃありません。〈吸血鬼〉以外の服でも、目の前で捨てた私のデザインがいくつも使われているんです」

「ひどいですね」

と、エリカも思わず言った。

「よっぽど、ショーの最中に飛び出していって、本当のことを言ってやろうかと思いました。でも、ショーのために必死で働いてきたスタッフのことを考えると……。それで、ショーが終わるのを待って、先生に抗議しに行ったんです……」

「しかし、相手にされなかったのだな」

と、クロロックが言った。

「そうなんです。先生は平然と、『あなたの話は何か証拠があるの？』と言いました。私は自分のスケッチも全部先生に預けてあったので、手もとには何もありません」

「じゃ、泣き寝入り？」

「それどころか、先生は『あなたのスケッチのいくつかは、仲間のデザイナーからの盗作だと分かった』と言うんです。『この世界ではもう仕事はできないと覚悟して』と……」

麻乃の目から大粒の悔し涙がポロッと落ちた。

「口封じだな。――まあ冷静になりなさい。今すぐどうするというわけにはいかない」

「はい……。ついカッとなって」

食後のコーヒーを飲みながら、麻乃は大分穏やかな表情になった。

クロロックが、さりげなく言った。

「あの草間紫音という女性だが、どこの出身か知っているかね」

「さあ……」

麻乃は首をかしげて、

「紫音先生は私生活を一切明かしていないんです。ご主人がいるのかどうか、お子さんがあるのかどうかも分かりません」

「ほう」

「ただ、いつも先生の車を運転したり、パーティに付き添っている秘書のような人がいて——。桐生さんていうんですけど、もちろん先生よりずっと年下ですが、あの人は先生の恋人じゃないかって噂です」

「ふむ……」

エリカは、父クロロックが何か特別のことを心配していると感じた。その辺は同じ吸血鬼の血を引く親子。

「——あの、ごちそうになっていいんでしょうか」

と、麻乃は言った。

「もちろんだとも、こっちがお誘いしたのだから」

「ありがとうございます」

麻乃は席を立って、

「ちょっとお化粧を直してきます」

と行きかけて、

「あら、猫がこんな所に」

ずっと離れて、レストランの入り口辺りだったが、一匹の黒猫が座っていた。

麻乃の言葉が聞こえたかのように、スッと立っていなくなる。

「――お父さん、どうかした？」

と、エリカは麻乃がいなくなると言った。

「あの猫は普通の猫ではないな」

「うん、私もそれは感じた」

「それに、例のデザイナーの草間紫音か。あの女の周りにも、何か奇妙な空気が漂っておった」

クロロックはふと不安げな表情になり、

「あの娘が危ないかもしれん」

と立ち上がった。

そしてマントを翻して駆け出していく。

「どうしたの？」

千代子とみどりが面食らっている。

「いいの。ゆっくりしてて」

エリカも駆け出した。

レストランからロビーへ出ると、クロロックが両腕に麻乃を抱え上げてやってくる。

「どうしたの？」

「あの黒猫だ。この娘の喉をかみ切ろうとしていた」

「喉を？　大丈夫だったの？」

「腕で防いだので、腕をかまれている」

気絶した麻乃の右腕から血が滴り落ちていた。

「ひどい！」

「救急車を呼んでもらってくれ」

と、クロロックは言った。

「どうやら、この娘を狙っているのは、少々たちの悪い悪霊だな」

名声の代わり

「ワッ！」

病室のドアが開いて、転がり込んできた男がいた。

「大丈夫ですか？」

と、看護師に呆れたように言われ、

「すみません！」

と、あわてて立ち上がる。

小太りな若者で、安物と分かるスーツが何だか体型に合っていない。

「水野君……」

ベッドで寝ていた小林麻乃が気づいて、

「そんなにあわてなくても……」

「だって、君が入院したって聞いて」

と、その青年はベッドのそばへ来て、

「大丈夫？　手術はいつ？」

「大げさね」

と、麻乃は笑った。

「この右腕を何針か縫ったの」

と、包帯した右腕を見せた。

「わあ……痛そうだ」

「一応、何かの菌に感染してるといけないからって、今夜一晩入院するだけ。ごめんね、大げさなメール送っちゃって」

「いや、大したことなきゃいいけど……」

「あ、エリカさん」

エリカが戻ってきた。——麻乃は、

「この人、水野君といって、同じ大学で……」

「あ、恋人ですか。よろしく、神代(かみしろ)エリカです」

「水野徹郎(てつろう)です」

と、あわてて名刺を出そうとして、ポケットの中のハンカチだのキャンデーの空袋だのが沢山飛び出した。

「ごめんなさい！」

「じゃ、私、今夜付き添ってるとお邪魔みたいですね」

と、エリカは笑って、

「麻乃さん、明日、父とまた来ます」

「お世話になりました……」

と、麻乃は礼を言った。

エリカが帰っていくと、水野はベッドのそばの椅子にかけた。

「――猫にやられたって？」

「そうなの。怖かったわ」

と、麻乃は言って、

「ね、もう周りは眠ってるから、小声でね」

「うん……」

「ちょっと――キスして」

ベッドの周囲のカーテンを引くと、水野は麻乃の上にかがみこんでキスした。

「――元気ないわね。何かあったの？」

と、麻乃が訊く。

「え？」

水野はギクリとして、

「分かるかい？」

「分かるわよ。恋人じゃないの」

水野はため息をつくと、

「どうもね……。うちみたいな小さい商社は大変なんだよ」

「会社、危ないの？」

「会社も危ないけど、僕がもっと危ない」

「まあ。――クビ？」

「はっきり言わないでくれよ。一応自主退職をすすめられてるんだ」

「じゃあ……結婚なんて、当分夢ね」

と、麻乃は悲しげに、

「私もクビで、水野君まで……。二人で公園住まいになりそうね」

「いや、大丈夫。頑張るさ！」

水野は麻乃にもう一度キスすると、

「じゃ、僕、また会社に戻るから……」

「体に気をつけてね」

「うん……」

水野は少々情けない笑顔を見せて、

「こんなに苦労してるのに、どうしてやせないのかな……」

と言った。

麻乃が思わず笑い出していた。

水野徹郎は、麻乃の入院している病院を出ると、少し夜道をブラついて、道端のベンチに腰をおろした。

「畜生……」

と、つい呟き（つぶや）が洩れる。

「課長の奴……」

麻乃には「頑張る」と言ったものの、実は今すでに「クビ同然」の状態だった。

「仕事を取ってこない限り、出社してくるな！」

と、課長に言い渡されているのである。

水野の勤める小さな商社は、「売れる物なら何でも扱う」のだが、だからといって、町をブラついていても、仕事があるわけもなかった。

水野は課長に個人的にも嫌われていて、毎日ガミガミ言われ続けて、もう限界だった。

といって、一発ぶん殴って出てくるほどの度胸もない……。

「やれやれ……」

と、水野はため息をついた。

麻乃との結婚どころじゃない……。

「やれやれ」

と、誰かが言った。

「え？　——誰だ？」

と、周囲を見回したが、人の姿はない。

俺が言ったんじゃないよな。確かどこか近くで……。

「ここだよ」

と、足下の方で声がした。

ヒョイと目をやると——黒猫が一匹、水野を見上げている。

「何だって？」

「俺が話してるんだ」

水野は唖然とした。

「本当に――猫がしゃべってるのか?」

「並の猫じゃないことくらい分かるだろ」

と、黒猫は言った。

「お前……。麻乃に襲いかかったってのは、お前だな!」

「ああ、そうさ。ちょっと訳があってね」

「どういうことなんだ?」

「ものは相談だ」

「猫が僕に?」

「どうだい、今の会社で大きな顔ができるようになりたくないか」

「何だって?」

「意地悪な課長に『ざまみろ』と言ってやれるぞ」

水野はブルブルッと頭を振った。これは夢じゃないのか?

「そんなこと、できやしないよ」

「できるとも。──俺を信じてついてくれば」

水野はじっと黒猫を見ていたが、やがて、

「──どうしろって言うんだ？」

と言った。


ここは……。

水野は足を止めた。──水野の勤め先とはまるで違う、モダンで洒落たオフィス。

〈バイオレット〉の金文字がガラス扉にまぶしい。

麻乃が働いていた、草間紫音（くさましおん）のオフィスだ。

「ここで待ってな」

と、黒猫は言うと、扉がスッと開いて、中へ姿を消した。

半ばやけになっていた水野は、黒猫についてきたのだが……。

こんなこと……。やめた方がいい。

しかし、迷っている間に、オフィスから細身の黒いスーツの男が出てきた。

「水野さんですね」

「はあ……」

「紫音先生の秘書で桐生といいます。どうぞ中へ」

水野は、おずおずと人気のないオフィスへ入った。

〈デザインルーム〉という扉を開けて中へ入ると、広い部屋に、ただ一人、スケッチしている女性――。

「草間紫音です。どうぞ」

と、水野に椅子をすすめて、

「麻乃ちゃんの彼氏だとか？」

「まあ……。一応は」

「あの子は才能がある。将来、きっと一流のデザイナーになるわ」

「はあ。しかし、こちらをクビになったとか――」

「才能だけではね、この業界で生き残ってはいけないの」

と、紫音は言った。

「あなたも社会人だから、分かるでしょ？　人間、世間の色んなものと妥協しなきゃ、やっていけないのよ」

「それは分かりますが……」

「そう！　あなたならきっと分かってくれると思ってたわ」

紫音はニッコリ笑って、

「麻乃ちゃんもいい恋人がいて幸せだわ」

「そうでしょうか……。僕もクビ同然で」

「どうかしら」

と、紫音は言った。

「今度、立ち上げる〈ビバ！　吸血鬼〉というブランドの海外での権利、あなたの社で独占的に扱わせてもいいわ」

水野は唖然とした。

「そんなことが……。うちは弱小企業ですが」

「私の頼みさえ聞いてくれたらね」

と、紫音は言って、

「一杯やりながら相談しましょ。いかが？」

「はぁ……」

水野は呆然としながら、紫音に腕を取られて立ち上がった。

「名声を手に入れたかったらね、何かを諦めないと。何もタダじゃ手に入らないのよ」

と、紫音は言って、〈デザインルーム〉を水野と一緒に出たのだった……。

忍び寄る闇

エリカは、にぎやかなティールームの奥の方に、小林麻乃の姿を見つけた。

麻乃の方もすぐにエリカに気づいて、嬉しそうに立ち上がった。

「ごめんなさい、お待たせして」

エリカは席につくと、

「具合はいかが？　傷の方ですけど」

「ええ、もうずいぶん良くなりました」

と、麻乃は肯いて、

「本当に、あなたやクロロックさんにはお世話になって」

「そんなこと——。ハーブティー、下さい」

と、エリカは注文をすませると、

「何か代わりに心配ごとがありそうですね」

「ええ……」

麻乃は、ちょっと目を伏せて、

「エリカさんにご相談してどうなるというものじゃないとは思うんですけど」

「話してみて下さい」

「実は——水野君のことなんです」

「あの彼氏ですね？」

「ええ。——水野君が、このところ何だかおかしいんです」

「おかしい？」

麻乃は水野が会社をクビになりかけていた事情を説明した。

「ところが、あの後急に社内で出世したとかで、このところ、私を高級レストランに連れていってくれたり、スーツも一着何十万もするようなもので」

「何かいい商談をまとめたんでしょうね」

「それだけならいいんですけど……」

と、麻乃はためらって、

「心配なんです。あの人、どこか変わってしまったようで」

と言った。

「どんなふうにですか？」

「レストランでも、働いてる人に対して、人とも思わないような口のきき方をするんです。料理の来るのがちょっと遅いと、すぐ怒鳴りつけたり、コーヒーがぬるいと文句を言ったり……」

「以前はそんなことなかったんですか」

「ええ、少し気が弱すぎるくらいでした。私は、そんな水野君のやさしさが好きだったんです」

「分かります」

「いくらお金ができたって、人間、あんなふうにいばるようじゃいけないと思います。水野君も、そう思ってたはずなんですけど」

「でも、それはお金のせいだけじゃないかもしれませんね」

「エリカさんもそう思います？」

「何かが水野さんの心に忍び込んで、心を歪（ゆが）ませているような気がします」

麻乃はじっとエリカを見つめて、

「私も、そんな気がしてならないんです」

と、肯きながら言った。

「実は、今日彼とここで会うことになってるんです。エリカさん、一緒にいてもらえません？」

「それなら……」

エリカは周りを見回して、

「隣のテーブル、空いてますから、私、背中を向けて座り、お話を聞いてます」

「お願いします！」

麻乃はホッとした様子で、腕時計を見ると、

「あと十五分くらいで来るはずです」

と言った。

しかし、結局水野は麻乃との約束の時間に三十分も遅れてきた。

「やあ、待たせたね」

と、水野は一言も詫びるでもなく、

「何しろ仕事が詰まっててさ。一度うまく行き始めると、次々に仕事が来るものなんだな」

「良かったわね」

と、麻乃は言った。

「どうだい？　これから飯食いに行かないか？　旨い店を見つけてね」

「ね、何か話があるんでしょ？　ここで聞かせて」

麻乃のきっぱりとした口調に、水野も、

「分かったよ。だが……」

と、ちょっと落ちつかない様子。

コーヒーを取って、一口飲むと、

「――なあ麻乃。実は話ってのは、草間紫音（くさましおん）さんのことなんだ」

と言った。

「先生のこと？　どういう意味？」

「君が言ってた〈吸血鬼ブランド〉だよ。うちの社が海外販売権を独占するんだ」

「でも――どうして？」

と、麻乃は啞然とした。

「それには条件があってね。君の言ってた、デザイン盗用の話。あれは君の方の間違いだったって認めてほしいんだ」

「何ですって？」

「まあ聞けよ。――僕は君が本当のことを言ってると信じてる。しかしね、世の中、生きていくためには、きれいごとだけじゃすまないことがあるんだ」

水野は、まくし立てるような口調で言った。

「今度のことにしたって、相手はトップデザイナーの草間紫音だよ。君が向こうに回して戦っても勝ち目はない。そうだろ？　ここは一つ、あの人の言うことを聞いて、デザイナーとしての仕事に戻ることだよ」

「水野君……」

「僕は今度の仕事のことで、何度もあの人に会った。なかなか立派な人じゃないか。君のことも、才能があると評価してる。君が草間さんの言う通りだと認めたら、喜んで君をスタッフに戻すとおっしゃってるんだよ」

麻乃の顔に失望の色が広がった。

「——どうだい？」

と、水野は言った。

「君がいくら有能でも、デザインする機会が持てなかったら仕方ないだろ？　仕返しはこれからの仕事の中でやってやればいいのさ。どう思う？」

麻乃は真っ直ぐに水野の目を見て、

「水野君。あなたは『生きていくためには、きれいごとだけじゃすまない』って言ったけど、私は『生きていく上で、絶対に譲っちゃいけないことがある』と思うの。

これはその一つだわ」

「麻乃――」

「もう行って。これ以上、話すことはないわ」

水野の顔が青ざめた。

「君、本気でそんなことを――」

「ええ、本気よ」

「もうデザイナーとしてやっていけないかもしれないんだよ」

「自分の信念を通して、その結果がそうなら仕方ないわ」

水野は深く息をつくと、

「――分かったよ」

と立ち上がって、

「僕たちの間も終わりだってことだね」

「あなたのせいよ」

「そうか」

水野は憤然として行ってしまった。

見送った麻乃の頰に涙が一筋落ちていった。

「大丈夫ですか？」

エリカが麻乃のテーブルに戻って、訊いた。

「ええ……」

「浮かれてるんですよ。いい暮らしをして」

「あんな人じゃなかったのに……」

と、麻乃はため息をついた。


夜道を辿って帰る道は遠かった。

麻乃は、くたびれて、このまま道に倒れて寝てしまいたいとさえ思っていた。

寂しい道で、時間も遅く、人気はなかった。

ふと気づくと、誰かが街灯の下に立っていた。

「水野君？」

「――待ってたんだ」

と、水野が言った。

「ちょっと話したいけど」

二人は、小さな公園に入り、ベンチにかけた。風でブランコが揺れてきしんでいる。

「――話って？」

と、麻乃は言った。

「うん……」

水野はじっと地面を見つめていた。思い詰めているような表情だった。

そして突然麻乃の方を向くと、両手で彼女の首をガッとつかんだ。

「水野君！」

「仕方ないんだ！　君のせいだ！　僕はもう二度と課長に馬鹿にされたりするのはいやなんだ。せっかくつかんだチャンスだ。君のせいで失うなんてごめんだ！」

水野は手に力をこめて、麻乃の首を絞めた。

「愚か者め！」

と、鋭い声がして、水野が弾かれたように地面に転がった。

「──クロロックさん！」

クロロックとエリカが立っていた。

「良かったわ、尾行してて」

と、エリカが言った。

「麻乃さん、この人を警察へ突き出す？」

「いえ──。やめて下さい」

「でも──」

「この人に人殺しなんてできません。きっと私のことだって、殺せませんでした」

麻乃の言葉に、水野がしゃがみ込んだまま泣き出した。

「この男のせいだけではない」

と、クロロックが言った。

「この男に誘惑の言葉を吹き込んだのは──あいつだ！」

振り向きざま、クロロックが手を伸ばすと、発したエネルギーが茂みを突き抜け、

「ギャーッ！」

という声と共に黒猫が転がり出てきた。

黒猫は目を光らせて、クロロックに向かって飛びかかった。一瞬、クロロックのマントがフワッと広がって、黒猫をからめとると、「ヤッ！」というかけ声と共に地面へ叩きつけた。

マントを引っ張ると、地面に倒れていたのは黒いスーツの桐生（きりゅう）だった。

「まあ、桐生さん！」

麻乃は目をみはった。

「桐生でも猫でもない。これは悪霊の化身だ」

と、クロロックが言っている間に、桐生の体は黒い煙となって消えていった。

「先生？」

夜ふけの〈デザインルーム〉は、まだ明かりが灯（とも）っていた。

中へ入ると、麻乃は立ちすくんだ。

「先生……」

クロロックとエリカが入ってきて、

「やっぱりな」

と、クロロックが肯く。

「この女も、悪霊に魂を売ったのだな」

――草間紫音は、床に倒れて息絶えていた。

その姿は、百歳にもなろうかという老女のものだった。

「代わりに若さを手に入れていたのね」

と、エリカは言った。

「亡くなったんですね。――でも、ここで働いてる人たちは、明日からどうしたら……」

「君の才能を活かすのだな」

と、クロロックは言った。

「残った者で力を合わせて」

「そうですね！　〈ビバ！　吸血鬼〉も、待っている人たちがいます」

「何なら私がモデルをつとめよう」

「本当ですか！　ぜひＣＭに出て下さい！」

「任せておけ！」

クロロックはパッとマントを広げた。

それをエリカはため息をついて眺めていたが、

「お母さんが怒っても知らないよ」

と呟いて、しきりにポーズを取って見せるクロロックを放っておいて出ていったのだった……。

吸血鬼は魔女狩りの季節

炎

スクランブル交差点の、歩行者用信号が一斉に青になった。

広い交差点の正方形の面積を、たちまちカラフルな若者たちが埋めていく。

「面白いね、この時期は」

と、大月(おおつき)千代子(ちよこ)が言った。

「まだ半袖の人もいれば、冬のセーターやマフラーまでしてる人もいる」

「秋は私にとっちゃ、ただ一種類しかない。〈食欲の秋〉！」

と、橋口(はしぐち)みどりが言い切って、

「そういえば、お昼食べたっけ？」

「さっき食べたでしょ！」

と、大月千代子が呆れたように言った。

「次はおやつの時間ね」

と言ったのは、神代（かみしろ）エリカ。

女子大生の三人は、秋空の下、休日に映画を見に出かけてきたのである。

三人は、スクランブル交差点を、人の流れの合間を縫って渡っていた。

よく晴れた日はまだ汗ばむようで、曇るとひんやりと涼しい。秋になって間もない季節である。

三人が交差点を対角線の方向に渡り切ろうとしたときだった。

いくつかの悲鳴が上がって、三人は振り返った。

人々がワッと左右へ散る。

「どうしたの？」

と、千代子が目を見開いた。

エリカも愕然（がくぜん）とした。

交差点の真ん中で、人が燃えていた。

ヨロヨロとよろけながら、炎に包まれたその人は、男か女かも分からなかった。

そして、崩れるように車道の上に倒れた。

エリカは駆け出した。——しかし、もう手の施しようがない。

倒れてもなお、炎に包まれたその人は、すでに真っ黒になっていた。

「女性らしいわね……」

と、エリカは立ち止まって、

「でも、こんな人の大勢いる所で——どうして？」

エリカは周囲を見回した。

大勢の野次馬が取り囲んでいるが、誰も近づいてはこない。

「エリカ。——交番がすぐそこに」

と、千代子が言った。

「知らせてきて。もう死んでる」

誰もが呆然として眺めている。

倒れてからもなお、炎はしばらく消えなかった。

「――一体どうしたっていうんだ？」

と、千代子が呼んできた警官は、エリカをにらんで、

「何のいたずらだね、これは？」

と言った。

「いたずらじゃありません。人が焼け死んだんです」

「君がやったのか？」

「私たち、偶然ここにいただけですよ」

と、千代子が呆れて、

「自分がやったら、いちいちお巡りさん、呼びに行きます？」

「分からんぞ。最近は変な奴が多い」

「あんたの方がよっぽど変」

と、みどりが言った。

警官はカッとして、

「何だと！　警官を侮辱したな！　逮捕するぞ！」

「まあ、待ちなさい」

と、落ちつき払った声がした。

「お父さん！　良かった」

エリカの父、フォン・クロロックが立っていたのだ。これから三人が「お茶をおごらせに」行くところだった。

「君も気持ちが動転して、どうしていいか分からんのだ。——私の目を見れば落ちつく」

警官はクロロックの目を見て、グラッと揺れると、

「いや……。これは大変失礼しました……」

クロロックの催眠術がかかったのである。

「ともかく、同僚の手を借りて、一旦ここを通行止めにして、捜査できるようにしなくてはな」

「おっしゃる通りです！　すぐに対処いたします！」

警官が急いで交番へ戻っていく。

「お父さん……。見た？」

「遠くからだったがな」

と、クロロックは肯いた。

「あの火の勢いは……」

「うむ。人間の服に火がついても、あれほどは燃えない。あの炎には、普通でないものがあったな」

「エリカ」

と、千代子が言った。

「あそこにバッグが落ちてる。この人のかもしれないよ」

「そうだね」

エリカは、その女性用のハンドバッグを拾い上げると、中を調べた。

「――ケータイが入ってる」

と、エリカが取り出すと、とたんにケータイが鳴りだした。

エリカはちょっと迷ったが、

「――もしもし？」

と、出てみた。

少し間があって、

「あの――どなたですか？」

と、若い女の声がして、

「母のケータイにかけてるんですが」

エリカは一瞬返事ができなかった。が、

「あの……バッグを拾ったんです」

と言った。

「母のバッグを？」

「そのよう……ですね」

「あの……母はいないんですか？」

「ええと――実は、お母様、事故にあわれたようです」

そうとしか言えなかった。

「これからすぐ銀座×丁目の交差点の所へおいでになれますか」

「母が事故に？」

向こうの声が緊張した。

「事故というか……」

「母は――亡くなったんでしょうか」

「たぶん……そのようです」

深いため息が聞こえて、

「だからやめてくれって言ったのに……」

と呟（つぶや）く。

「あの――」

「すぐ参ります。たぶん、三十分ほどで行きますので」

「お待ちしてます」

エリカは通話を切ると、父を見て、

「聞いた？」

人間の何倍も耳のいいクロロックは、今の話も充分に聞こえている。

「どうやら覚悟していたとみえるな」

「何かわけがありそうね」

エリカは重苦しい気持ちで、

「聞いたら、またややこしいことに巻き込まれそう……」

と言ったのだった。

魔女の娘

「大丈夫ですか？」

と、クロロックの妻、涼子（りょうこ）は冷たくしたタオルで、その女性の額を拭（ふ）いた。

「すみません……。もう……」

「でも、まだ横になっていて下さい。青い顔してますよ」

「ご迷惑をおかけして」

——栗山（くりやま）さつきという名だった。

あのケータイへかけてきた女性だ。

「どうかな？」

クロロックが入ってくる。

「はい。大分良くなりました」

ベッドに寝かされた栗山さつきは、深く息をついて、

「覚悟はしていたのですけど……」

と言った。

あの交差点へやって来た栗山さつきは、真っ黒に焼けこげた死体が母だと知って、気を失ってしまった。

クロロックが自分の家へ運んできたのである。

「元気を出して下さいね」

と、涼子が言った。

「お腹の赤ちゃんのためにも」

栗山さつきは、もうずいぶんお腹が大きくなっていた。

「はい」

と、さつきは肯いた。

「ただ——母のお葬式を出さないと」

「変死だから、警察が調べる」

「原因不明でしょう、きっと」

「そうだな。——どんな事情だったのだ？　話してみてくれないか」

「そうですね……。クロロックさんは、私の話を信じて下さるような気がします」

「見ての通り、私はトランシルバニアの生まれでな。あんたも向こうの血が入っているように見受けるが」

「母が、ドイツ人と日本人のハーフでした」

「そうか」

「母の祖先は——十七世紀に魔女狩りで火刑に処せられた一家だったのです」

「魔女狩り……」

エリカも話に加わって、

「宗教裁判にかけられたんですね」

「悪魔と交わった、と根も葉もない疑いをかけられ……。異端審問官は、疑われた人を拷問にかけます。それはむごいもので……。死刑になった方が、拷問の苦痛よりましだというので、みんな言われるままに告白するのです」

「ひどい話ね」

と、エリカは顔をしかめた。

「財産持ちが狙われたのだ」

と、クロロックが言った。

「魔女として処刑されると、その家の財産は教会のものになる。だから富裕な市民が魔女だと密告された」

「そうなのです」

と、さつきは肯いて、

「母の話では、祖先は広いワイン畑を持っていて、それを時の大司教に狙われたのだろうということでした」

「でも、それって、十七世紀のことなんでしょ？」

「それが——今でも『魔女の子孫』を退治するのが役目だと信じている者たちがいまして」

「じゃ、その連中がお母様を？」

「そうとしか思えません。祖母はヨーロッパで、また〈魔女狩り〉がひそかに始まったのを知って、日本へ逃れてきたのです」

「今どき？」

「ふしぎではない」

と、クロロックは肯いて、

「今でも本当に悪魔がおると信じてる人間がいくらもいるのだ。パソコンを使いながらな」

「祖母は日本の男性と結婚して、母が生まれました。母はごく普通の日本人として暮らしていたのですけど……」

さつきは表情を曇らせて、

「どこをどう辿ったのか、〈魔女狩り〉を使命としている団体が、日本へもやって来たのです」

「あんたのような者は、他にもいるのか？」

「はい、祖母と一緒に何十人かの〈魔女〉の子孫たちが、共に日本へやって来て、方々に住んでいます」

「すると他にも狙われている者があるのだな」

「はい」

と、さつきは肯いて、

「今も連絡を取り合っている仲間が何人かいます。その中で、もう二人が謎の焼死をとげています。母で三人目です」

「他にもいるかもしれんな」

「そうです」

さつきは目を伏せて、

「母が突き止められた以上、私も狙われると思わないわけにはいきません。でも、今の私は、この体で遠くへ逃げることもできませんし……」

さつきは自分の大きくなったお腹をなでながら言った。

「私はともかく、この子を無事に産み、生かしてやりたいのです」

エリカは父の方へ、

「警察は何もしてくれないの？」

と言った。

「まず無理だろうな。わけの分からんことには手を出さない」

「でも……」

「その〈魔女狩り〉を使命と心得ている連中に心当たりはないのか」

「ともかく外国人は多いですし、中には日本人のメンバーもいるかもしれません」

「ふむ……」

さつきのケータイが鳴って、

「もしもし。——あ、武志さん？　ごめんね。心配したでしょう」

さつきの表情が穏やかになった。

お腹の子の父親だろう、とエリカは察した。

「実は母が急に亡くなって……。そうなの。ちょっとショックで」

結局、彼がここへ迎えに来ることになったようで、さつきはエリカからこのマンションの場所を聞いて、相手に伝えた。

「武志さんって、旦那様？」

「あ……。森山武志といって、恋人です」

と、顔を赤らめる。

「この子の父親なんですけど……。でも結婚はしていません。結婚すれば、彼も一緒に殺されるかもしれないので」

「彼はその魔女の話を知っておるのか？」

と、クロロックが訊く。

「いえ……。話しても信じてもらえるかどうか」

「それはそうだな」

「森山さんって、何をしてるんですか？」

「通訳です。英語ができるので。仕事はいつもあるわけじゃないので、収入は不安定ですが……」

と言ってから、さつきはふと心配そうに、

「そういえば、外国の映画のロケ隊の仕事が入った、って言ってたけど、大丈夫なのかしら、ここへ来て」

と言った……。

ロケ

「監督」

と、森山武志は食事中の太った男に声をかけた。

「タケシ。一緒に食べないのか？」

マイクという監督は、人なつっこい笑顔を見せて、

「食事は大勢の方が楽しい」

「ありがとうございます。実は、ちょっと恋人の母親が亡くなって」

「そいつはいかん。ぜひ行ってあげるといいよ」

「すみません。今夜のミーティングまでには戻ります」

「心配するな。何かあればケータイに」

「はい。では失礼して」

ホテルの中にいてくれる限り、英語ならそう困ることはない。

武志は、もう一人、プロデューサーのフランクの所へ行って、事情を説明した。

「ミーティングには戻ってくれよ」

フランクはマイクと対照的に、やせて神経質で、心配性である。

「はい、必ず戻ります」

と、武志は言って、レストランを出た。

ロケ隊は十五人ほどで、日本側のスタッフも加わることになっていた。その顔合わせが、今夜あるのだ。

スタッフは若者が多く、アメリカ人らしい、陽気でにぎやかな連中だった。

ロケといっても役者はいなくて、東京を始め、日本各地の風景をフィルムにおさめていくらしい。

フランクに言わせると、

「実際に役者を連れてくるより、デジタルで合成した方が安く上がるんだ」

ということだった。

武志は、この十五人のロケ隊について、ずっと方々を回ることになっていた。

本当なら、出産を控えたさつきのそばにいてやりたいが、これが仕事だ。仕方ない。

それに、赤ん坊のために、少しでもお金を稼いでおかなければ……。

タクシーは高いので、地下鉄を乗り継いで教えられたマンションへと急ぐ。

「さつき……」

武志は、むろんさつきを愛しているし、信じてもいるが、しかしなぜさつきが結婚を拒んでいるのか、理解できない。

子供まで生まれるというのに……。

さつきは何かを隠している。――武志にはそれが気になってならなかった。

「まだか……」

と、武志は電車の車窓から暗い外を眺めた……。

ケータイが鳴って、さつきはすぐに出た。

「武志？　——あ、ごめんなさい」

と、ちょっと顔を赤らめて、

「いえ、ちょっと人を待っているものだから。——え？　——まあ、そんなところよ。今、どこなの？　——じゃ、東京へ？」

話を聞いているうち、さつきは不安そうになって、

「ちょっと待って」

と、ケータイを耳から離して、

「クロロックさん、実は——」

「聞こえた。あんたの〈魔女〉の仲間だな」

「ええ……」

「誰かに尾行されてると？」

「そのようです。怖がっていて……」

「今、どこにいる？」

「N公園の近くだそうです」

クロロックはちょっと考えて、

「この近くだ。——よし、どこか目につく所にいて、動くなと言ってくれ」

「近く、って……」

そう近くないはずだが……。

「人通りのある所だ。もし交番があれば、そこで道を訊くとかして、中にいるように」

「もしもし、交番ある？　——じゃ、そこにいて。クロロックさんという方が迎えに行ってくれるわ」

「名前は？」

「木村好江です。私と同い年で仲がいいので……」

「分かった。エリカ、行くぞ」

「うん！」

二人が駆け出していく。

さつきは呆気に取られて、

「あの——ご主人って、スーパーマンとか……」

「どっちかというと、バットマンかしら」

と、涼子は言った。

「こうもりと縁があるの」

マンションを出たクロロックとエリカは、猛スピードでN公園へと向かっていた……。


クロロックもエリカも「吸血族」の血をひいて、本気で走れば狼のように野や山を越える。

「方向は間違っとらんな?」

人を時々突き飛ばしながら、クロロックが言った。

「うん。あの高いビルの下あたりだから、あれを目指せば。——カーナビつけときゃ良かったね、そのマントに」

車なら道なりにしか行けないが、二人は「走り」なので、時にはビルの中を通り抜ける。ガラスの二、三枚は割れてしまうが。

「――あそこだ！」

と、エリカが言った。

N公園の向かいに交番がある。

「誰かおるぞ」

交番の前が明るくなっているが、傍の暗くなった所に、人影があった。二人だ。

交番の窓ガラスの割れる音がした。

「いかん！」

クロロックが猛然と交番へ向かって突っ込んでいった。

「お父さん！」

エリカは足を止めた。クロロックが交番の中へ飛び込んでいくと同時に、交番の中が火に包まれた。

二人の男が駆けて逃げていく。

エリカは、追いかけようかと思ったが、父の身の方が心配で、交番の中を覗いた。

交番の壁が音をたてて崩れ、クロロックが女性を腕に抱いて出てきた。

「お父さん！　大丈夫？」

「何とかな……。おい、マントの火を消してくれ」

「はい。——あーあ、マント、焦げちゃったよ」

「やむを得ん。ともかくこの女を救わなくてはな」

「気絶してる？」

「うむ。マントで風を送って、一瞬炎を押しやった。その隙に救い出したが……」

クロロックは燃える交番の方を振り返って、

「警官が一人いた。助け出す余裕がなかった……」

「じゃあ……」

「しかし、連中も馬鹿なことをしたぞ。警官を死なせてしまったら、警察だって必死になる」

「ともかく、その人を……」

「家へ戻ろう」

と、クロロックは肯いた。

「ちょっと焦げくさいけどね」

と、エリカは言った。


「好江さん！　無事で良かった」

濡れたタオルで顔を拭いてやると、木村好江は目を覚まして、

「さつきさん……。私、どうなったの？」

「もう大丈夫よ。クロロックさんが救って下さったわ」

「私……憶えてない。交番の中にいたら急に火が……」

「お巡りさんは亡くなったようよ」

「まあ……。申し訳ないことをしたわ」

「仕方ない」

と、クロロックが言った。

「あんたを尾行していた二人を見たかね？」

「ええ。交番へ駆け込んだとき、すぐ近くまで来ていました。——外国人でした。金髪で、たぶんアメリカ人だと思います。二人で声をかけ合っているのが聞こえて」

「好江さんはアメリカに何年かいたことがあるんです」

と、さつきは言った。

「恐ろしいわ！　私の住んでる町でも一人、焼け死んだの。放火だったわ」

「方々でやられているのね」

「自分では〈魔女〉の子孫と知らない人も多いわ。その人たちは自分が狙われてるなんて、思いもしないでしょうし」

重苦しい雰囲気になったとき、

「さつきさん！」

やっと森山武志がやって来た。

「武志さん、ありがとう」

「遅れてごめん！　道に迷って……」

武志はクロロックたちに礼を言った。

「——でも、明日からそのロケ隊についていくんでしょ？」

「そういうことになってるけど……」

と、武志はためらって、

「でも、君のそばにいてもいいよ」

「いけないわ。お仕事はちゃんとしてちょうだい」

と、さつきは言った。

「すまないね。今日も、またホテルへ戻らないと。打ち合わせがあるんだ」

クロロックは武志と握手をして、

「まあ、彼女のことはここにいれば大丈夫だよ」

と言った。

「すみません。よろしく」

「そのロケというのは？」

「役者はいないんです」

武志が説明して、

「夕食の席から抜けてきたけど、よく食べるよ、みんな!」

「ふむ……。ちょっと面白そうだ」

と、クロロックは考えていたが、

「エリカ。お前も一つ、ロケ隊の手伝いに行ったらどうだ?」

と言った……。

隠れる人々

人気（ひとけ）のない寺の境内。

夕暮れどきで、観光客の多い京都でも、あまり有名とはいえない寺に人影はなかった。

エリカは境内に足を踏み入れると、静かに周囲を見回した。

向こうが現れるのを待つしかない。

エリカは緑に包まれた寺の中をゆっくりと歩いていった。

人の気配に、ふと足を止める。

振り向くと、白髪の老人が一人、立っている。気品のある紳士だ。

「佐川（さがわ）さんですね」

と、エリカは言った。

「神代エリカです」

「どうも。──さつきちゃんから連絡をもらっております」

と、老紳士は言って、エリカと握手をした。

「その後、変わったことは？」

「今のところ、京都にいる者たちは無事です」

と、佐川哲治は肯いて、

「しかし、いつまで身を隠していられるか……」

「ご心配ですね」

「全く……。魔女など、今どき信じている人間がいるとはね。しかし、組織的に我々を追い詰める人間たちがいる」

「京都は多いのですか」

「古い都の方が、何となく性に合うのかもしれません」

と、佐川は言った。

「しかし、お知らせいただいたので、災いを逃れることができました」

「完全に逃れたと安心しないで下さい」

「分かっております」

「父もこの地へやって来ています」

「我々の祖先同様、ヨーロッパを追われた方ですな」

と、佐川は微笑んで、

「あなたもその血を引いている。どこか身近なものを感じます」

「用心して下さい。私はホテルへ戻ります」

「よろしく。——この寺は、あまり人も来ませんのでね」

エリカは佐川と握手して、別れた。


ロケ隊の泊まっているホテルに戻ると、森山武志（もりやまたけし）がロビーでのびていた。

「どうしたんですか？」

「いや、ともかく……。あの連中の飲み食いの凄さにはついていけないよ」

と、武志は息をついて、

「さつきさんから電話があって、入院するそうだ」

「その方が安心ですよ」

と、エリカは言った。

「京都での撮影はいつまで？」

「三日間で、主な所を回るんだって。それから金沢へ回るんだ」

「お天気がいいといいですね」

と、エリカは言った。

「じゃ、私も適当に食事しちゃいますから」

エリカはホテルから少し離れた食堂へ入った。

「——遅かったな」

と、クロロックが席で手を上げた。

「もう食べちまったぞ」

「待っててくれたっていいじゃないの」

と、エリカは文句を言って、

「定食下さい」

と、注文した。

「会えたか」

「うん」

「今夜あたり、危ないと思うがな」

と、クロロックは言った。

「それにしても分からない」

と、エリカは首を振って、

「汝殺すなかれ、って聖書に書いてあるじゃないの。それなのに平気で……」

「彼らにとって、自分の敵は人間でなく、悪魔なのだ。人間でなければ、殺しても罪にはならん」

「でも、みんなが普通の暮らしをしてるっていうのに……」

「宗教の情熱は時として恐ろしい」

と、クロロックは肯いて、

「妥協ということを知らんからな」

「で――どうするの？」

「風次第だな」

と、クロロックは言った。


その夜、風はなかった。

ただ、あの寺の周囲の茂みを時々猫がくぐっていくのか、ザワザワと音をたてた。

「――来るかな」

と、エリカは言った。

「もう来ておる」

「え？」

「お前にはかぎ分けられんだろう。かすかな風にのって、油の匂いがする」

「待って。――本当だ」

「来たぞ」

境内へひそかに忍んでくる人影がいた。三つ、四つ……。

「かなりおるな」

と、クロロックは言った。

「上手くいく？」

「やってみなけりゃ分からん」

クロロックは平然としている。

人影は黙って寺の周囲に散ると、仕事を始めた。

油の匂いがする。

寺に油をかけているのだ。

木造の寺は、アッという間に燃えてしまうだろう。

油をかけ終わると、境内の一カ所にその男たちが集まった。

エリカたちがじっと見守っていると、何か低い声が流れ始めた。

「――祈りの文句だな」

と、クロロックは肩をすくめて、

「私もヨーロッパで散々聞かされた。悪魔払いの祈りだ。——悪魔は自分たちの方だがな」

やがて、夜の闇の中に小さな火がいくつか動くと、それが寺の周囲へと動いた。

そして、ひときわ高い祈りの声が合図だったのか、火は寺に向かって投げられた。

たちまち炎は寺を包んだ。

木造の寺は凄まじい勢いで燃えた。

音をたてて火は夜空へふき上げる。

その中に、人々の悲鳴が響き渡った。

火が、男たちを照らし出した。

あのロケ隊のメンバーたちである。

監督のマイクが僧服に身を包み、長い柄のついた十字架を空に向かって差し出した。

寺は巨大なたいまつのように炎の柱と化して、夜空を焦がした……。

奇　跡

「おはよう」

朝食のテーブルで、マイクが明るく手を振った。

「おはようございます」

と、武志(たけし)は挨拶した。

「今日もいい天気だね」

「そうですね」

エリカはビュッフェの朝食を皿に取って、

「おはようございます」

と、マイクへ言った。

ごく普通の英会話なら父親譲りで、できるのである。

「ああ、おはよう」

マイクは上機嫌で、

「京都はすばらしい！　撮る所がいくらでもある」

と、両手を広げて見せた。

「ゆうべ、サイレンがずいぶん聞こえていましたね」

と、エリカは言った。

「そうかね？　酔って寝ていたから、気づかなかったよ」

と、マイクはコーヒーを飲みながら言った。

「京都は木の町ですから、火事が起こると大変です。特に神社やお寺は貴重な木造建築がいくつもありますから」

と、エリカは言った。

「今日はどこを撮ります？」

と、武志が訊いた。

「南禅寺(なんぜんじ)あたりはどうだろう」

「ああ、有名ですね。人は多いと思いますけど」

「ともかく行ってみよう」

一時間して、ロケ隊はマイクロバスに乗り込み、ホテルを出発した。

「昨日のガイドはどうしたね？」

と、フランクが訊くと、

「今日は特別なガイドがつきます」

と、エリカが言った。

「私の父、フォン・クロロックです」

一番前の座席からクロロックが立ち上がると、ロケ隊の間に動揺が走った。

「自己紹介せんとな」

と、クロロックは言った。

「私はかつて、君らのような者たちに故国トランシルバニアを追われた吸血族の一人だ」

「吸血鬼だ！」

「十字架を！」

と、声が上がった。

「悪魔よ、退散しろ！」

マイクが十字架を手に進み出ると、クロロックは苦笑して、

「君らも小説や映画のせいで勘違いしておる。我々一族は、キリストよりずっと以前から生きておるのだ。十字架も聖水も意味はない」

と肩をすくめ、

「君らがなぜ日本へやって来たか、分かっている。魔女の子孫を根絶やしにしようというのだな」

「邪魔をすれば、お前も一緒に火で焼いてしまうぞ！」

「落ちつけ」

と、クロロックは言った。

「間違っているのはお前たちの方だ。もともと魔女など存在しない。憎しみの対象

を作り出した方が支配者にとって都合が良かったのだ。教会も支配者として、人々の財産を奪い取っていた」

「そんな話は信じない」

と、マイクは言った。

「我々は信仰で武装しているのだ」

「誤った信仰ではないのか？　お前らの神は、本当にお前らのやっていることを認めているのか？」

「当然だ」

「どうかな」

クロロックは運転手の方へ肯いて見せた。

マイクロバスはカーブして、細い道へと入っていった。

「ゆうべ、お前たちは寺に火をかけた。そうだな？」

「あそこに、大勢の魔女たちが潜んでいたのだ」

と、マイクは言った。

「そうか。すると、神の心に添って、火刑にしたというわけだな」

「魂は我々の祈りで救われたはずだ」

「もしお前たちの神が、お前たちを間違っていると言ったらどうする？」

「何を馬鹿な！」

「じき、ゆうべお前らが火を放った寺だ」

クロロックは言った。

「さあ、よく見るがいい」

マイクロバスは停まった。

ロケ隊の誰もが、腰を浮かし、目を見開いて愕然としている。

「こんな馬鹿な！」

マイクがバスから降りた。次々に他のメンバーも続いた。

エリカとクロロックも、ゆっくりとバスを降りた。

境内には、数人のお詣りの人がいて――寺は元の通り、そこにあった。

「――どういうことだ！」

と、フランクが青ざめて、

「確かにこの寺だった……」

「間違いないな？　よく似た他の寺では……」

と、マイクが言うと、

「確かにここです」

と、若いメンバーが言った。

「ゆうべ私が使った口火が落ちています」

「しかし……どうしてだ？」

寺の中から、人々が現れた。

「焼き殺されたはずの魔女たちではないのか？」

と、クロロックは言った。

「どうしてだ……」

マイクがその場に膝をついて、

「こんなことが……」

「お前らの神が、これ以上のあやまちを止めようとしたのだろう」

と、クロロックは言った。

佐川がやって来ると、

「我々の仲間を殺したことは許さぬ」

と、マイクに向かって言った。

「あれは単なる殺人だ。昔、我々の祖先が殺されたのと同じだ」

厳しい口調で、

「しかし、お前たちがこれで引き上げ、もう二度と我々に手を出さないと約束するなら、我々は罪を問わない。しかし、もし愚かな行為をくり返すようなら……」

そのとき、若いロケ隊員の一人が、

「我々が間違っていたんだ」

と、口を開いた。

「そう思っていたが、口に出せなかった」

「帰ろう」

「そうだ。——帰国しよう」

一人、また一人と、マイクロバスへ戻っていく。

フランクがマイクの肩を叩いて、

「さあ行こう……」

と促した。

マイクはヨロヨロと立ち上がると、一旦バスの方へ戻りかけたが、ふと足を止め、振り返った。

「魔女め！」

マイクがナイフを振りかざして佐川へと駆け寄った。

人々の間から悲鳴が上がった。

しかし——倒れたのはマイクだった。

「自分の胸を刺した」

佐川が倒れているマイクを見下ろして、

「罪を償ったのか……」

エリカはクロロックの方を見た。

クロロックは小さく肯いた。――クロロックがエネルギーを送って、マイクのナイフを己の方へ向けさせたのだ。

しかし、自ら命を絶ったことにした方がいい。クロロックはエリカに無言でそう言ったのである……。

「ありがとうございました」

入院した病院の病室で、さつきは礼を言った。

「これで母の死もむだになりません」

武志がさつきの肩を抱いて、

「これでやっと結婚してくれそうです」

と言った。

「でもクロロックさん」

と、さつきは言った。

「なぜあのロケ隊が怪しいと？」

「私の鼻は犬並みに敏感でな」

と、クロロックは腕組みして、

「アメリカ人はやたら握手をする。あの夜、森山君の手にわずかに油の匂いがしていたのだ。マイクと握手したせいで、匂いが移ったのだ」

「気がつかなかった。まさかあいつらが君のお母さんを殺したなんて……」

「今度のことで、『本当に魔女狩りは正しかったのか』と向こうでも議論になっているそうよ」

と、エリカは言った。

「しかし、本当にふしぎですね」

と、武志が言った。

「なぜあの寺は焼けなかったんでしょう？」

クロロックは微笑んで、

「京都の職人の技だ」

「というと？」

「本当の寺の外側に、そっくりの外観を作ってもらった。そして中の本物との隙間を、濡らしたわらで埋めたのだ」

「じゃあ……燃えたのは外側だけ？」

「本来の寺はみごとに炎の熱に耐えて残ったのだ」

と、クロロックは言った。

「それも立派な奇跡だわ」

と、さつきが言った。

「いや、本当の奇跡はここにあるよ」

武志が、大きくなったさつきのお腹をそっとなでた。

さつきは頬を赤らめて、武志にすばやくキスしたのだった……。

吸血鬼円舞曲（ワルツ）

記念写真

どうしてこんな所に？

失くした物が、いくら捜しても見つからず、もう諦めて、忘れかけたころ、突然思いもかけない所から出てくる。——そんなことが、時々ある。

どう考えても、それがなぜそんな場所にあったのか、全く分からないのである。

その写真は、存在すらはっきり憶えていない一枚だった。とはいえ、ちゃんと大きく引き伸ばして、木枠のガラスをはめた写真立てに入っている。

だから、決して捨てたわけではない。

そう。——捨てるものか。

きっと、智子の奴が見つけていたら、夫の俺に、

「これ、取っておくの？」

とか、

「これ、捨ててもいい？」

とか訊いたりはしない。

問答無用！　黙って捨てていたに違いない。

もし夫、水沼悟士が抗議しても、智子は、

「その辺に放っとく方が悪いのよ」

と、片づけてしまうだろう。

だからその一枚の記念写真を、水沼悟士が見つけたのは幸運だったのである。

「――驚いたな」

畳の上に座り込んで、その写真を眺める。

それは水沼悟士が高校生のとき、所属していたクラブが催した〈舞踏会〉の写真だった。

写真を見ているうちに、水沼の記憶が少しずつよみがえってきた。

それは、長く忘れようとしていた、「思い出」だった……。

「――お父さん」

と、声がして、水沼はハッとした。

「亜弓か」

「何してるの？　――晩ご飯だって、お母さんが」

亜弓は十六歳。高校一年生である。

「何、それ？　写真？」

と、やってきて、水沼の手もとを覗く。

「昔のな。――お父さんだ」

「へえ！　ここ、どこなの？　広い部屋だね」

と、写真を見て、亜弓は言った。

亜弓は、水沼悟士にとって、この世の唯一の宝である。

親の身でおかしいかもしれないが、亜弓は本当に父と母、どっちにも似ていない、可愛い子である。

智子のような、せっかちで、夫をいつも追い立てる性格でもない。

「ここは体育館だ」

と、水沼は言った。

「〈舞踏会〉の会場だった」

「何、それ?」

「クラブで開いたんだ。みんな盛装して集まろう、と呼びかけてな」

「へえ……」

「お父さんは、その幹事をやらされてた」

「お父さんが?　似合わない!」

と、亜弓は屈託なく笑った。

「全くだな」

と、水沼も笑った。

「さあ、飯だ!」

水沼はその写真をポンと床へ投げ出すように置いて、立ち上がった。

二人がダイニングへ入っていくと、

「早く食べてよ！　冷めちゃうでしょ」

と、早速智子の苦情が飛んできた。

食事の間も、むろんあの写真の話は出なかった。亜弓はすぐ忘れてしまったかもしれない。

しかし――水沼悟士は、食事しながら、あの写真のことを考えていた。

みんな、どうしているだろう？

もう……三十年も前のことだ。

水沼は、同窓会の名簿がつい先日送られてきていたことを思い出していた。

もちろん、水沼のことを憶えているかどうか……。水沼は至って目立たない学生だったのだ。

しかし、一人でも二人でも、自分のことを思い出してくれたら……。水沼は、食事しながら、もう心を決めていた。

「早く食べてよ！　片づかないんだから」

と、智子がイライラと声を上げた。

呼び出し

と、足を止めたみどりに、ついて歩いていた大月千代子は追突してしまった。

「──みどり！　急に止まらないでよ」

「え？」

と、千代子は言った。

「ごめん！　でも今、館内放送が……」

「何のこと？」

「ほら、『お呼び出しを申し上げます』ってやつよ」

「みどりを呼び出したの？」

「そう聞こえたんだ」

と、橋口みどりは言った。

「エリカ、聞いた？」

と、千代子が振り向く。

神代エリカは、ちょっとの間ぼんやりしていたが、

「——え？　ごめん。何か言った？」

「これじゃだめだ」

と、千代子は肩をすくめて、

「でも、みどりがこのデパートに来てることなんか、誰も知らないでしょ？」

「そうだけど……」

と、みどりが曖昧に言うと、

「お客様のお呼び出しを申し上げます」

と、またアナウンスがあった。

「——本当だ。〈橋口みどり〉って聞こえた」

「ね？　ちょっと行ってみる」

「一階でしょ。一つ下りるだけだ」

神代エリカ、大月千代子、橋口みどりの三人の女子大生は、休日の午後、デパートに買い物に来ていたのである。

一階へ下りても、〈案内所〉を捜すのに手間取った。

「あそこだ！」

と、やっと見つけて、みどりは取り澄ました顔で座っている案内係の女性に、

「今呼び出しのあった橋口みどりですけど」

「はあ？　あの……」

と、相手は面食らった様子で、

「もうおいでになりましたが……」

「え？　それじゃ同姓同名？」

「ええと……。〈橋内みどり様〉です」

「なあんだ」

と、千代子が笑って、

「橋口と橋内か。聞き間違えても仕方ないね」

「馬鹿らしい！　もう一度二階に行こう」

二階はヤングカジュアルのブランドが集まっている。

エリカは、行きかけた二人に、

「ちょっと待って」

と、声をかけてから案内係の女性に、

「すみません。その〈橋内みどり〉っていう方、どっちへ行かれましたか？」

と訊いた。

「何のことでしょう？」

「ですから今の――」

と、エリカが言いかけたとき、

「キャーッ！」

という悲鳴が上がった。

休日の人ごみの中だ。どこで誰が叫んだのやら……。

キョロキョロしている客たちをかき分けて、中年の女性が駆けてくると、

「トイレで……女の人が死んでる！」

と、震える声で言った。

「あの……どなたが死んでいるんですか？」

案内係の方も、思いがけない出来事にあわてているのだろう。

「どなただか、知ってるわけないでしょ！」

と、客に怒鳴られて、

「申し訳ありません。上の者と相談いたしまして……」

「警察へ連絡してください！」

と、エリカは強い口調で言った。

「どのトイレですか？」

「あの——そこの階段を半分地下へ下りたところ」

「千代子、これ、お願い」

エリカは駆け出した。

地階への階段の踊り場にトイレがあった。

エリカは〈女子化粧室〉とある入り口から入っていった。

扉が一つ、大きく開いたままになっている。

エリカは近づいて、足を止めた。タイルの床に、血が広がっている。

エリカは、血だまりに足を入れないように、扉に向かって、飛び上がった。


「冗談でしょ」

と、みどりが言った。

「本当よ」

と、エリカは言った。

「殺されてたのは、〈橋内みどり〉さん」

みどりと千代子は顔を見合わせた。

デパートの入り口は、野次馬も集まってきて大混雑していた。

パトカーが停まって、刑事が階段を下りていく。

「あの……」

と、声をかけてきたのは、さっきの案内係の女性で、

「さっきはすみませんでした。慣れないことで、どうしていいか分からなくて」

「当然ですよ。ご心配なく」

と、エリカは言った。

そこへ、

「おい！」

と、不機嫌な声を上げて、背広の太った男がやってくると、

「誰が警察へ知らせた！」

「私ですけど……」

と、案内係の女性が言うと、

「余計なことをしてくれたな、全く！」

「でも課長――」

「この騒ぎで、どれだけ売り上げが落ちると思うんだ！　俺にひと言も言わず勝手

なことをするな！」

「すみません……」

「待ってください」

と、エリカは割って入ると、

「私が通報してくれるように頼んだんです。それに、もし通報してなかったら、もっと大変なことになってますよ」

「誰だね、あんたは」

と、仏頂面（ぶっちょうづら）で、

「口を挟まんでもらおう。この女はどうせアルバイトだ。クビにするのは簡単なんだ」

「それって、ひどいじゃありませんか」

と、エリカは腹が立って、その課長をにらんだ。

「大きなお世話だ！　売り上げが落ちた責任を取らされるのはこっちだぞ！」

すると、そこへ、

「いやいや、人生には色んなことがあるものだよ」

「お父さん！」

マントを着た、エリカの父、フォン・クロロックが立っていたのである。

「ここの課長さんも気の毒だ。なぁ」

「は？　しかし……」

と、課長はクロロックと目を合わせると、グラッとよろけた。

「しかし、あんたは立派だ。たとえ上から叱責されようと、あくまで筋を通す」

と、クロロックが言った。

「いや……恐縮です」

「案内係の女性は、なすべきことをしただけだ。あんたとしては、彼女の判断を全面的に支持するのだな」

「もちろん……です。この子は正しい。アルバイトとは思えない、冷静沈着な行動です」

「そうだな。あんたとしては、彼女の行動に報いてやらねばならん」

「全く同感です！　君、ぜひ正社員としてこのデパートのために働いてくれ」

クロロックは、正統な吸血族の血筋。催眠術で課長の意見をコロッと変えさせるのは朝飯前だ。

もっとも、当の案内係の女性は、ただ呆然としているばかりだった……。

「じゃ、エリカ、あの女の人が呼ばれてるのに気づいてたの？」

と、千代子が言った。

「さすがにエリカね。このカレー、おいしいわ」

と、みどりが言った。

「カレーと何の関係があるの？」

「別にない。ただ感想を述べただけ」

三人は、クロロックに軽い食事をおごらせることにしたのである。

デパートの中のレストラン。時間が外れているので、食事する人は少ない。

「近くにいたのよ、私たちの」

と、エリカが説明した。「あの呼び出しを聞いて、何だか深刻な様子で階段の方へ行ったの。それで気になったのよ」

「橋内みどりか……。何だか、よく似た名前の人が殺されるのも、いやね」

と、みどりは言った。

「見たところ、ごく普通の奥さんって様子だったけど」

と、エリカは言って、父親の方を見ると、

「どう思った？」

「うむ。――あれは普通の殺人とは思えんな」

「じゃ、何？」

「はっきりとは分からんが……。少し血を抜かれていたようだ」

「へえ……」

橋内みどりは、喉を刃物で切られて死んでいたのである。

「失礼します」

と、スーツ姿の女性がやってきて、

「さっきはありがとうございました」

「あ、案内係の……。制服じゃないので、分からなかった」

と、エリカが言った。

中井幸代というのが、その女性の名前だった。

「──今、刑事さんにも訊かれましたが……」

と、コーヒーを飲みながら、

「あの呼び出しを頼んできたのは、男の人でした。でも、いくら思い出そうと頑張っても、どんな人だったか、忘れてしまってるんです」

「ふむ。──あの殺された女性の家族は？」

と、クロロックが訊いた。

「普通のサラリーマンのようですけど」

と、中井幸代は言った。

「刑事さんがそう言ってました」

「どうも気になるな。エリカ、殺された女性の家に行ってみてくれ」

「私が？」

「通夜があるだろう。そのとき、色々人が集まるだろうから、できるだけ話を聞いてきてくれ」

「お父さんは？」

「このところ忙しくてな。帰りが遅いと涼子が色々疑うので大変なのだ」

「ちょっと……。私がよっぽどヒマみたいじゃない」

「ヒマだろ？」

そう言われて、少々むくれたエリカだった……。

通夜の客

「痛いわね、こう続いちゃ」

という話し声が、エリカの耳に入った。

「でも妙よね。呪われてるんじゃない？」

「私たち、何か呪われるようなこと、した？」

——通夜の席。

エリカとしては、死んだ橋内（はしうち）みどりとはあまり（というか、ほとんど）関係ないのに、ずっと居座っているのは、辛（つら）かった。

その話が耳に入ってきたのは、もうそろそろ通夜も終わるかというころ。

話しているのは、亡くなった女性とほぼ同年代の女性たち、五、六人だった。

「覚えないわよ」

「ねえ」

「だけど、普通じゃないでしょ。ここんとこ続けて……」

聞き捨てならない話だった。

「失礼ですが――」

と、エリカはその女性たちのグループのそばへ行って、

「ちょっとお話を伺わせていただけますか？」

女性たちは顔を見合わせて、

「――あなたは？」

と、一人が訊いた。

「私、デパートに居合わせて、橋内みどりさんを発見した者です」

「ああ……。でも、犯人は捕まってないんでしょ」

「今お話しになってたこと。――『呪われてる』っておっしゃってましたね。どういう意味ですか？」

「大したことじゃないの。ね？」

「ええ、そうよ」

と、みんな口にしたくない様子。

「でも、今『呪われてる』とおっしゃってましたよね」

と、エリカが言っても、

「そんなこと誰か言った？　――言わないわよね」

と、お互い肯き合うばかり。

エリカは諦めて、

「聞き違いでした。失礼しました」

と、頭を下げて、通夜の席から出た。

そして、表の暗がりで待つこと十五分。

あの女性たちがゾロゾロと出てきた。

「じゃ、また」

「私、明日の告別式も出るわ」

「私はちょっと予定があって」

「それじゃ……」

みんなバラバラの方向へと散っていった。

エリカはその一人の後を尾けた。

さっきの話のとき、一人だけ他の面々の言葉に肯かない人がいたのだ。

少し行って、駅近くの明るい通りに出ると、

「すみません」

と、エリカは声をかけた。

「さっきのお話のことなんですけど」

「あ……。どうして私に？」

と言ったが、

「分かりました。――本当は隠してちゃいけないような気がするの」

「聞かせてください、ぜひ」

と、エリカは言った。

「——私たちは高校の同窓生です」

近くの喫茶店に入って、その女性、及川信子は口を開いた。

「クラスは色々ですけど、私立で中学からずっと一緒なので、たいていの子とは、一度くらい同じクラスになっています」

「橋内みどりさんも、ですね」

「もちろんです」

と、及川信子は肯いて、

「ああ、ほとんどの人は結婚して姓が変わってますけどね」

「それで、『呪われてる』とおっしゃったのは……」

「実は——」

と、及川信子は少しためらってから、

「この半年ほどの間に、同窓生の四人が死んでいるんです」

「え？」

さすがにエリカもびっくりして、

「四人が――。連続殺人じゃありませんか」

「いえ、それなら私どもも黙ってはいません」

「というと……」

「はっきり殺されたと分かるのは、今度の橋内みどりが初めてだったんです」

「つまり……」

「以前の三人は、一人が車の事故で亡くなり、一人は病死。もう一人は――自殺したんですの」

「一人ずつ、原因がバラバラだというわけですね」

「ええ。いくら続いているといっても、状況から考えて、やはり偶然と思うしか……」

エリカは少し考えた。

病死の一人はともかくとして、他の二人は事故と自殺。――それは「見せかけての他殺」かもしれない。

「でも、万一、その四人の死につながりがあったとしたら、何か思い当たることはありますか」

エリカは及川信子が、答える前に一瞬ためらったのを見逃さなかった。

「――いえ、特に何も」

と、信子は首を振った。

「そうですか」

エリカは、一応これまでに死んだ三人の名前を聞いて書きとめると、

「――お手間を取らせて、すみません」

と、礼を言って、喫茶店を出た。

「四人とは多過ぎるな」

と、クロロックはトーストを食べながら言った。

「ね？　私もそう思う」

エリカは、翌朝の朝食のときに、クロロックに及川信子の話を伝えたのである。

「今度はお父さんが訊いてみてよ」

エリカはコーヒーを飲みながら言った。

「もう一杯飲む?」

「ああ、もらおう」

朝は、この家の主婦たる涼子がぐっすり眠っていて起きてこないので、エリカもクロロックも自分でパンを焼いたりしている。

時刻を見たくて、エリカはTVをつけた。

「——昨夜、工事現場の鋼材が落下、下を歩いていた女性が下敷きになって死亡しました」

と、ニュースが耳に入る。

「亡くなったのは、及川信子さん、四十八歳です……」

「え?」

エリカはギョッとしてTVを見た。画面にあの女性の写真が出ている。

「お父さん!　ゆうべ話を聞いた人だ!」

「これはやはりただごとではないな」

クロロックは厳しい表情で言った。

「どうしよう？」

「ともかく現場へ行ってみよう。犯罪の疑いがあるかどうかだ」

二人は急いで出かける仕度をした。

クロロックが玄関へ出てくると、

「あなた……」

と、奥から涼子の声がして、

「帰りに、和風ドレッシング、買ってきて！」

仲間

ケータイが鳴った。

西野良子はせかせかと歩きながら、バッグからケータイを取り出した。

「もしもし」

「良子？　百合よ」

「今、どこ？」

「もうすぐ着くと思う。あなたは？」

「ちょっと迷っちゃって。でもたぶんあと十分くらいで」

「じゃ、近くにいるから」

「はい」

西野良子はケータイをバッグへ戻して、横断歩道で足を止めた。信号は赤だ。

急いで歩いたので、少し息を弾ませている。

赤信号。──赤信号は渡っちゃいけないのよね。子供だって知ってる。

そう……。赤信号は……。

赤信号なら、渡っていいんだっけ？　どっちだった？

そう。車、通ってないじゃないの。そうだわ。赤信号なら渡っていいのね。

良子は車道へ足を踏み出した。

車の急ブレーキの音。次の瞬間、良子の体はフワリと持ち上げられて、歩道へ戻っていた。

「気をつけろ！」

車のドライバーが、良子を怒鳴っていった。

──良子の全身から血の気がひく。

私、一体何を考えてたんだろう？

「──大丈夫かな？」

妙なマントを着た、外国人らしい人が、自分を抱え上げてくれたのだということに、良子はやっと気づいた。

「ありがとうございました……」

膝が震えている。

「何かめまいでも？　フラッと車道へ出られたようだが」

「私がですか。——よく分かりません。気がついたら、足が前に……」

「ほら、信号が青になりましたぞ」

「どうも。——ありがとうございました」

良子は何かに追い立てられるように、横断歩道を渡った。

少し行くと、

「良子！　ここよ」

と、桑田百合が手を振っているのが見えて、ホッとする。

「百合……。ごめんね」

「私も今来たのよ。——大丈夫？」

「うん。それで……」

「この先を曲がった所よ」

見るからに派手な服装の桑田百合は社長夫人だ。

二人は角を曲がって、足を止めた。

歩道の半分ほどがテープで仕切られ、警察が調べている。

「――百合、あの黒ずんだの、血かしら?」

「たぶんね」

と、百合は肯いて、

「信子も可哀そうに……」

「でも、なぜ?　歩道を歩いてたのに……」

西野良子は、青ざめたまま、立ちすくんでいた。

「――これで五人よ」

と、百合が言った。

「百合……。これって……」

すると、そこへ、

「失礼ですが」

と、男の声がして、

「もしかして、お二人は〈K学園高校〉の……」

二人が振り向くと、ごく平凡な中年男が立っている。

「やっぱり！」

と、男は微笑むと、

「僕を憶えてるかな。水沼悟士だけど」

良子と百合は顔を見合わせると、

「ごめんなさい。人違いでしょ」

と、百合が言った。

「――そうですか。しかしお二人は――」

「私たち、急ぎますの」

百合が良子の腕を取ると、引っ張るようにして、急ぎ足で行ってしまった。

水沼という男は、その二人を見送っていたが、やがて肩をすくめて、及川信子の死んだ現場へと目をやった。

「信子か……」

と、水沼は呟いた。

「君も仲間だったよな……」

水沼が現場を後にして歩き出す。

「お父さん――」

と、エリカが言った。

「聞こえた？」

「むろんだ」

クロロックたちは並外れた聴力を持っている。今の水沼の「呟き」を、しっかり聞いていたのである。

「〈仲間〉って言ってたわね。やっぱり、及川信子さんは何か隠してたんだわ」

「後を尾けるか」

「もちろん！」

「私はちょっと社に客が来る」

雇われ社長の辛(つら)さである。〈クロロック商会〉という名だが、実質はサラリーマン。

「もう……。じゃ、私が尾けるわ」

「頼んだぞ」

エリカは、水沼と名のった男の後を急いで追っていった。

水沼は、地下鉄に乗ると、都心のオフィス街へと向かった。

エリカも、むろん同じ車両で、水沼を見張っていたのだが……。

そのうち、エリカは水沼を尾行しているのが自分だけでないことに気づいた。

十六、七歳か。高校生くらいの女の子が、大きなマスクをして、少し離れた所から水沼を見張っていたのである。

誰だろう？

エリカは、その女の子からも目を離さないようにした。

水沼が地下鉄を降りると、その少女も降りて、後を追っていく。

エリカはさらにその後をついていった。

水沼は、N新聞社のビルへ入っていくと、受付に、

「広田信忍さんにお目にかかりたいんですが……」

と言った。

「水沼と申します」

「お待ち下さい」

受付の女性が電話で呼ぶと、

「少しお待ち下さい」

あの少女は、新聞社へ入ってくるには若過ぎる。入り口にいたガードマンが、

「君、何の用？」

と、呼び止めた。

「あの……」

「ちょっと待ってよ！　先に行かないで、って言ったじゃないの」

エリカは割って入って、

「勝手に入ってきちゃだめよ」

「はい……」

「すみません。この子、連れなんです」

と、エリカはガードマンに言った。

「学生対象のアンケートに答えるって役割で、呼ばれました」

「ああ、それじゃ家庭欄のだね」

ガードマンは納得した様子で微笑んだ。

エリカは女の子をロビーの隅へ連れていくと、

「ちょっと！　どうしてあの水沼って男の後を尾(つ)けてるの？」

と訊いた。

「え？　じゃ、あなたは――」

「私は自分の用で尾行してるの。あなたは？」

少女はマスクを外すと、

「私、水沼亜弓(あゆみ)。あれ、お父さんです」

と、少女は言った。

「まあ……」

エリカにとっても意外な展開だ。

すると、

「水沼君？　まあ、懐かしい！」

と、ロビーに響き渡る声がした。

パンツスーツで足早にやって来たのは、化粧っ気のない女性である。

「やあ、すまないね。仕事中に」

と、水沼は言った。

「大丈夫よ。記者なんて、何かなけりゃヒマなの。下でコーヒーでもどう？」

いかにも活動的な女性である。

エリカは、水沼の娘、亜弓と二人で、広田信忍という女性と水沼の入った地下の喫茶店に足を踏み入れた。

亜弓はマスクをして、父たちのテーブルの近くに座る。

「――同窓会名簿を見てね」

と、水沼は言った。

「そう。私は広田のままだしね」

「独身なのかい?」

「一度は結婚したけど、別れたの。子供もないから身軽よ」

と、広田信忍は言った。

「いや、ちょっとお願いがあってね」

「何?」

「ただの同窓会じゃつまらないだろ? だから〈舞踏会〉を開こうと思いついてね」

「〈舞踏会〉?」

と、広田信忍は眉を寄せて、

「――待ってよ。何か、学生のとき、そんなこと、やらなかった?」

「よく憶えてるね」

と、水沼は嬉しそうに、

「僕が企画して、体育館で開いた。クラブ主催で」

「ああ、そうだったわね！」

と肯いて、

「私は確か用事があって出なかったけど、どうだったのかしら？」

「うん。すてきなドレスで集まってくれた女の子が二十人くらいいてね。ワルツを踊った。夢のようだったよ」

「へえ……。そんなことがあったのね」

「その〈舞踏会〉を再現したくてね。力を貸してもらえないか」

「私に？　何をしてほしいの？」

と、広田信忍は言った。

闇の中へ

「いらっしゃいませ」

受付の女性がクロロックを見て、ちょっとふしぎそうに、

「あの——同窓会の方ですか？」

「特別ゲストだ。——これは心ばかりだが」

と、クロロックが「御祝」と書いた、のし袋を出すと、

「恐れ入ります！　どうぞ！」

と、喜んで入れてくれる。

ドレスを着たエリカは父と腕を組んで、

「いくら包んだの？」

「訊くな」

「まさか、空じゃないよね」

「見そこなうな！　これでも社長だぞ」

大して包んでいないことは明らかだった。

会場の体育館には、何十人かの男女が盛装して集まっていた。

「へえ。結構来てる」

「今は社交ダンスを習う女性も多いしな。こういう機会に盛装してみたいのだろう」

「エリカさん」

水沼亜弓も可愛いドレスでやって来た。

「あら、すてきよ。彼氏はいるの？」

「あの、ボーッと立ってる子です」

と、亜弓は少し照れながら、そのヒョロッと背の高い少年を指さした。

「お父さんは？」

「忙しく駆け回ってます」

エリカは、水沼悟士がタキシード姿でスタッフらしい人間たちと打ち合わせているのを認めた。

そして、あの事故現場を見に来た二人、西野良子と桑田百合も姿を見せている。

飲み物を取って飲んでいると、

「――皆さん！　お待たせしました！」

と、水沼の声がスピーカーから流れた。

「今回の同窓会は、三十年以上前、この体育館で開いた〈舞踏会〉の再現です。あのとき参加された方も、そうでない方も、ぜひ楽しんで下さい！」

その後、ワルツを踊れない人のために、セミプロくらいの腕前らしいゲストのペアが踊ってみせた。

「なっとらん」

と、クロロックは顔をしかめた。

「いいじゃないの。どうせ遊びよ」

と、エリカは父親をつついた。

そしてワルツの曲が流れると、みんな少々ぎこちなくはあるが、真似ごとのワルツで笑いながら踊りだした……。

エリカとクロロックは、さすがさまになっていた。――エリカもむろんクロロックから教えてもらったのだ。

「――N新聞の広田(ひろた)です」

と、広田信忍(しのぶ)がクロロックに声をかけ、

「すばらしい踊りですね！」

「何百年も前には、これくらい踊れるのが当たり前だったのでな」

「はあ……」

「どうですか？　一つお相手を」

「私、下手ですけど――」

「リードする男性が上手ければ大丈夫」

と、クロロックは肯(うなず)いて、手を差しのべた。

広田信忍は、クロロックのリードで、宙を舞っているかのようだった。

周囲も踊りを止めて見とれている。

エリカはその間に人々の後ろを回って、スタッフがいる衝立のかげを覗いた。

CDをかけたりする男性は眠り込んでいた。

他の数人のアルバイトらしい男たちも眠っている。——普通ではない。

エリカは、机の上に置かれた写真を手に取った。

ガラスをはめた写真立てに入ったその写真は、明らかにこの体育館で、若い水沼が写っている。

しかし、一緒に写っているのは女の子五人だけ。いや、女の子ではない。もう大人になった女性たちだ。

その中に、エリカは及川信子がいるのを見分けた。——モノクロの、ずいぶん古い写真だが、及川信子はついこの間会ったときのままの姿だ。

「何をしてる!」

と、声がした。

水沼が立っていた。

ワルツが始まり、体育館いっぱいに音楽が鳴り渡っている。

「水沼さん。この写真は何ですか」

と、エリカは言った。

「そこへ戻せ！」

「この五人の女の人たちは、みんな亡くなった人ばかりでしょう」

「何だと？」

「この写真のあなたは高校生ですが、女性五人は、中年になっている」

「それがどうした！」

「お父さん」

——エリカの背後に、亜弓が現れると、水沼は息を呑んで、

「亜弓……」

「この前、お父さんがその写真を初めて見せてくれたとき、写真には、高校生のお父さん一人しか写ってなかったよ。どうして今は五人も一緒に写ってるの？」

水沼は青ざめた。

「亜弓……。気づいてたのか」

「お父さんの様子が、あれ以来おかしかったから。会社へ行かないで、毎日、それでも出かけていく。お母さんも心配してた」

「智子が？　あいつは俺のことなんか気にしちゃいない」

「そんなことないよ！　ただ、お母さんはああいう性格だから、素っ気ないだけだよ」

「ともかく――もう止められないんだ」

「お父さん！」

「この写真は、人を死へ引き込むのね」

と、エリカが言うと、

「よく、彼の地には写真を撮られると魂を吸い取られると恐れて撮らせない者がいるが、必ずしも迷信とは限らん」

と、クロロックが現れた。

「お父さん、この写真……」

エリカから写真を受け取ったクロロックは、

「初め、あんた一人だったのは、〈舞踏会〉が失敗したからだな」

水沼の顔が歪(ゆが)んだ。

「——騙(だま)されたんだ！」

「というと？」

「俺は幹事を任されて、必死だった。——いつも目立たなくて、高校で一年間同じクラスにいても、俺の名前が分からない女の子もいた……」

「それで……」

「〈舞踏会〉にも、さっぱり参加者が集まらない。そんなとき、みどりたちが……」

「デパートで殺された橋内(はしうち)みどりさんね」

「当時は橋内って姓じゃなかったが……。みどりがリーダーで、女の子たちの仲良しのグループがあった」

と、水沼は言った。

「みどりが俺の所へ来て、『私が集めてあげる』と言ったんだ。『安心してらっしゃい。私の仲間だけでも十人はいるもの』って……」

水沼は椅子にクタッと腰をおろすと、

「俺は信用した。少なくとも十人参加してくれたら、面目が立つ。——当日、俺は胸をドキドキさせながら待ってた。しかし——誰も来なかったんだ！」

「嘘だったのね」

と、亜弓が言った。

「初めから俺を笑うつもりだったんだ。みどりたちは、同じ日、同じ時刻に、全く別の場所でパーティを開いてた……」

水沼は固く握りしめた拳を震わせていた。

「俺はクラブをやめた。卒業までの日々は、毎日が辛かった。地獄のようだった」

「お父さん……」

「偶然あの写真を見つけたとき、写真が俺に語りかけてきたんだ。『一人じゃ寂しいだろ？』ってな……」

「それは心の闇の部分へつけ込む悪の声だ」

と、クロロックは言った。

「俺の中に、あのときの屈辱が、昨日のことのようによみがえった。――俺は思った。この写真に、あのときの女たちと一緒に写ろう、と」

「死んだ者だけがそこに加わる。分かっておったのか？」

「いや……。三人目くらいで気づいた。しかし、この写真の女たちは、みんな幸せそうなんだ。だから、これでいいと……」

「みどりさんを殺したの？」

「あいつだけは赦せなかった！」

と、水沼は激しい口調で言った。

「お父さん……。自首してよ」

亜弓が涙を流しながら言った。

「いや……。俺はまだ足りない。あと少なくとも五人が……」

水沼が立ち上がると、

「この曲が終われば、体育館は崩れ落ちる。それで、この写真はにぎやかになるんだ！」

と、叫ぶように言った。

「お父さん、止めて！」

ワルツが終わった。

「――どうしたんだ！」

と、水沼は言った。

「どうして何も起こらないんだ！」

「亜弓さんは、あなたが爆薬を用意してるのを見てたのよ」

と、エリカは言った。

「そして、こっそり信管を外しておいたの」

「亜弓……」

「お父さん！」

水沼は駆けだした。

クロロックは亜弓の肩に手を置くと、

「気の毒だが、君の父はもう死んでいる。写真に魂を売ってしまったのだ」

どこかで銃声がした。

「——見て」

と、エリカが写真を指した。

写真には、五人の女性と共に、楽しげに笑っている、四十八歳の水沼がいた……。

「——皆さん」

と、会場へ戻ると、クロロックは言った。

「本日の〈舞踏会〉はお開きです」

残念だわ……。もう少し踊りたかった……。

そんな声を残して、みんな帰っていく。

「——クロロックさん」

と、広田信忍がやってきて、

「水沼君に頼まれて、同窓生にこの会を知らせる記事を書いたんですが、いけませんでした？」

「いやいや、もう済んだことです。新しい犠牲者も出さずに」

「ならいいですけど……」

と、広田信忍は微笑んで、

「クロロックさん！　またワルツに誘ってくださいな！」

――新しい「犠牲者」がクロロックでなきゃいいが、とエリカはひそかに思ったのだった。

解説

似鳥鶏

四十歳は別名「不惑」と言います。由来は孔子の『論語』にある「四十にして惑わず」だそうです。

嘘つけや！　惑うわ！　と思います。

四十歳（ここで言っているのは数え年の四十歳なので、現代では三十八とか九歳）はめっちゃ惑います。状況は人によって様々ですが結婚で悩んだり、離婚で悩んだり、出産で悩んだり、今の職場で出世するかもうちょっと働きやすい職場を求めて中途採用を探すか悩んだり、子供が何度言っても学校で渡されたプリントをすぐ見せてくれなくて悩んだり、合宿で免許を取ろうとしたらまわりがみんな二十歳前の学生さんたちばかりでノリについていけなかったり、「この歳でH＆Mばかり出入りしていていいのか※1?」と悩んだりします。というかコンビニでチョコ一つ買うのも迷います。ご存じの通り空気中には目に見えない「脂肪の精」が浮遊しており、誘惑に負けた人間を見つけるとすぐさま飛びついてきて腰まわりや二の腕にしがみつくわけですが、この年齢になるともう「あいつはすぐ誘惑に負ける」「おっ、常連さんが来た」「食うぞ食うぞ。あいつは食うぞ絶対に食う。ほら食った。よし行け」という感じでやつらに顔を覚えられており、ちょっと食べるとたちどころにくっついてきます。もっとも「四十にして惑わず」というのは十五歳できちんと進路を決め、六十歳になったらかえってひとの言葉を素直に受け入れるようになり、七十歳で「まあ、もうそんなに変なことはしないという自信がある」という孔子の話であって、そもそもそこらの一般人とは意識の高さが違うのです。「歳をとれば惑わなくなる」というのは幻想で、現実には歳をとっても惑い、悩み、迷います。

中年が迷う原因の一つに「理想とすべきモデルがいない」というものがあります。子供の頃は、「ああなりたいなあ」と憧れることができる年上がたくさんいました。

プリキュアは基本的に中学生ですし仮面ライダーも二十代前半です。竈門炭治郎は十五歳ですし江戸川コナンは（本当は）十七歳です。驚くべきことにクシャナ殿下とスーパーマリオは二十五歳でサザエさんは二十四歳です。ちなみに波平は五十四歳です。七十くらいだと思っていました。サザエさんに憧れるかどうかは別として、「理想とすべき年上」がたくさんいたのです。

それが、年齢が上がるにつれてみんな年下になっていってしまいます。中学を卒業し、高校を卒業すると、その時点でかなりの主人公が年下になります。じきに活躍するアスリートが年下になり、アイドルが年下になり、力士が、主演俳優が、お笑い芸人が年下になります。いつの間にか上に誰もいなくなっており、そのことに気付いて必死であたりを見回します。ですが、四十のおっさんには誰もいません。TOKIOの城島さんは素敵ですがあんなに動けないし重機も使えないので無理。木村拓哉さんはなんか年齢がどうとかそういう文脈にそぐわない気がするので除外。大泉洋さんは……うーん……憧れ……「水曜どうでしょう」を見ていると憧れというか……。

と、悩んでいるおっさんの前に颯爽と登場するのが本シリーズの主人公（ではない）、クロロック商会社長フォン・クロロック氏です。年齢不詳、眉目秀麗（のはず）、正統なるトランシルヴァニアの吸血鬼一族であり、物腰や口調にはしばしば威厳を感じさせる一方、性格は紳士的で温厚。柔和な表情も相まって親しみやすい印象を与えます。なんせ吸血鬼ですから運動能力は規格外で腕っぷしも強い！　催眠術どころか手からエネルギーも発します。そして教養がありダンスも上手。おっさんたちは感激します。これだ。目指すべきは。まずは手からエネルギーだ！　無理です。

手からエネルギーは無理でも、クロロック氏には「こうなれたらいいなあ」と思わせるものがあります。こうしてデータを並べてみるとたしかに完璧超人のように見えるのですが、なぜかクロロック氏からは「なんだよこいつ完璧じゃん」という作りものっぽさがなく、『ドラえもん』の出木杉君に感じるような嫌味もなく※2、普通に憧れる気になれるのです。これはおそらく、クロロック氏の人柄によるところが大きいでしょう。クロロック氏は優れた能力を持ちながら、それを鼻にかけません。反対に卑屈になったりもしません。自分が優秀であることを自覚しているし、自らの血統を誇りに思ってもいますが、仮に自慢話をしてもどこかユーモラスで生臭さがありません。この爽やかさは、氏が自分に誇りを持つ一方で、決して他人を見下さない、というところに由来しているようです。他人を蔑むための誇りではないのです。作品内で、クロロック氏が蔑むのは邪悪な魔物と、欲にとりつかれて堕ちた人間だけ。作品内で、クロロック氏はしばしば誰よりも早く真相を見抜きますが、永く生き、人間の愚かさも醜さも知り尽くしている氏にとっては、目先の欲にとりつかれた浅はかな人間の行動ほどパターン通りで読みやすいものはなく、彼は推理をしつつ毎回「どうせこんなところだろう」「どうしてこいつらは、こんなに愚かなのか」と溜め息をついているのかもしれません。

また、クロロック氏は確かにハイスペックですが、そのハイスペックの内実はけっこう「抜けて」います。社長とはいっても雇われ社長で、しばしば手の離せない業務のために戦線を離脱します。正統なる吸血鬼の末裔であるがゆえに、「吸血鬼」というものにくっついた誤ったイメージに悩まされます。にもかかわらず従業員のリクエストに応えて吸血鬼のマントを着て「ドラキュラ伯爵のモノマネ」を披露するお茶目さもあります。出自も相まって教養豊かですが、テレビでは『ドラえもん』を楽しんでいたりします。ついでに娘の後輩と結婚していますが尻に敷かれています。その「尻に敷かれ方」も、何か弱みを握られているとか、あえて「尻に敷かれてやる」態度をとることで愛情表現しているとかそういったものではなく、ごく自然に尻に敷かれています。人間の能力をはるかに超越し、その気になればそこらの人間ごときどうにでもできる力を持っているのに、その力をひけらかすことなく何かの理由でひた隠しにしているでもなく、ごく自然に「普段は使わない」のです。これが実に恰好いい。本物のお嬢様は持ち物のブランドや屋敷の広さを自分からアピールしたりしません。するのは成金で、「相手に勝っていることを確認したい」心理がそうさせるのです。「勝っていることを確認したい」と思うのは「負けている可能性がある」と考えているからで、つまりそれ自体が「本物」でない証拠。本物は「絶対に負けない」と分かっているので、他人と比べる、という考えがそもそも浮かばないのです。クロロック氏の恰好良さは「本物」であるがゆえに根っこのところでは常に泰然としていて、他人と自分を比べて「あいつより俺の方が」とあくせく考えないところにあるのでしょう。

それでいながら、「本物」の吸血鬼であるクロロック氏はコミカルで、本当はおそろしく強いのに少しも怖くありません。


「吸血鬼というのはよせ」

とクロロックは顔をしかめた。

「この心優しい私をつかまえて『鬼』とは失礼極まる！」

「仕方ないわよ。吸血屋、じゃ迫力ないでしょ。（以下省略）」


このすっとぼけたやりとりはクロロック氏の人柄を端的に表すと同時に、赤川次郎作品に対しよく用いられる「ユーモラス」「チャーミング」といった評価を象徴するものでもあります。「吸血鬼」を「吸血屋」にしてしまう言語センスと、ずっこけてしまう楽しさ。赤川次郎作品の主人公は捜査一課の刑事だったり殺し屋だったり天使だったり悪魔だったり、普通に考えればおっかない人種（？）が多いのですが、彼らもけっこう人並みに苦労しているところがあり、そこがなんともいえず楽しいです。

文芸業界では赤川次郎先生は「魔法使い」と評価されています。それは「どんなにシリアスで深刻な事件を扱っても、決して陰惨にも陰鬱にもならず、あくまでエンターテイメントとして気楽に読める」「なのに、深刻な事件そのものは決して茶化されることなく、考えるべきところは考えるべきものとして残る」という、書き手側から言えば両立するはずがないことがなぜか両立しているからです。これはつまり「脂たっぷりでおいしいのにカロリーオフの揚げ物」とか「最高級素材を使って快適な手触りと温かさなのに１９８０円のセーター（もちろんフェアトレード）」のようなもので、ちょっと、なんでこういうことができるのか想像がつかないです（私もデビュー直後、編集者から「あれは魔法だから真似しようなんて考えるな」と言われたことがあります）。本作を含む吸血鬼シリーズでもその「魔法」は存分に発揮されており、よくよく考えるとかなり凄まじい事件が起こっているにもかかわらず、読後感はあくまで楽しく爽やかです。この味わいは「本物」の力を持ちながら、それを誇示することなく自然に振る舞っているクロロック氏の親しみやすさと共通するものがあり、つまるところクロロック氏のキャラクターと赤川次郎作品は相似形であるとも言えそうです。

そしてここまで書いてきて気付いたのですがそろそろ紙面がなくなります。他にも色々あるのですが、振り返ってみたらクロロック氏のことしか書いてません。しかしもう後の祭りです。

（にたどり・けい　小説家）

※1　ファッション誌でもH&MやGUなどのブランドを用いた四十代向けコーデの特集が組まれたりしているので、別に悩むことはないと思われる。

※2　『ドラえもん』は「負け組ののび太がドラえもんのひみつ道具で一発逆転する。けれど……」というコンセプトの作品なので、ジャイアンもスネ夫も出木杉君も、のび太（何も持っていない普通の子＝読者）の劣等感を具現化するように描かれている。出木杉君が出来過ぎて嫌味に感じるのはわざとである。

この作品は二〇〇八年八月、集英社コバルト文庫より刊行されました。

集英社文庫

吸血鬼ブランドはお好き？

2022年2月25日　第1刷
2022年10月19日　第2刷

定価はカバーに表示してあります。

著　者　赤川次郎

発行者　樋口尚也

発行所　株式会社　集英社
東京都千代田区一ツ橋2-5-10　〒101-8050
電話　【編集部】03-3230-6095
【読者係】03-3230-6080
【販売部】03-3230-6393（書店専用）

印　刷　大日本印刷株式会社

製　本　大日本印刷株式会社

フォーマットデザイン　アリヤマデザインストア　　マークデザイン　居山浩二

ISBN978-4-08-744353-0 C0193